KB046842

청어詩人選 331

시간 넘어
저 공간 넘어

도빈 조기엽
시집

청어

시간 넘어
저 공간 넘어

시인의 말

이번 시집은 2019년 7월 발간한
첫 시집 『흙 속에 바람 속에』에 이어
두 번째입니다.
시집 출간 시 덕담 중에
첫 시집은 자식 같다는 말이
마음에 남습니다.

두 번째 시집이 나오는 데 도움 준
가족, 친구, 청어출판사 이영철 사장님
그리고 음양으로 힘이 되어준
여러분께 감사드립니다.

시집을 읽는 모든 이에게
하나님의 축복이 있길 바랍니다.
감사합니다.

2021년 12월 25일 토요일
순창 강천사에서
도빈 조기엽

차례

3부 구원

1부

시간 넘어 저 공간 넘어

시간 넘어 저 공간 넘어

시공간에 삶 있고
그 자리 노스탤지어 남아
사랑 있었네

시간 넘어 저 공간 넘어
그리움 남아
사랑 흐르네

사랑은 바람 되어
바람 불고
바람 불어오는 곳
우리네 공간
사랑이었네

그대 있음에

그대 아름다움에
사랑 알았네

그대 친절에
배려 알았네

그대 배풂에
감사 알았네

그대 있음에
내 행복했네

사는 동안

사는 동안
서로 아끼며
사랑하자

사는 동안
서로 이해하고
보듬어주자

사는 동안
은은한 향 내뿜는
꽃잎 되어 머물자

사는 동안
하늘 보며 높고 푸른
하늘 사랑 닮아가자

말 말 말

생각이 말로
말이 행동으로
행동이 습관으로
습관이 성격으로
성격이 운명 가르니

어려운 상황에서 승리를
모자란 상황에서 풍부함 말하라
말대로 이루어지리니
말이 곧 운명이라

살아있는 날 사랑하자

사랑 없음은
환상이고 허무이고

사랑 없음은
고독이고 죽음이니

살아있는 날
서로 사랑하자

생은 바람이니

생은 바람이고
물이고 구름이고
한줌 흙이니

하늘처럼 높게
바다처럼 깊게
대지처럼 넓게
살라 하네

가을마당

햇살 내려
자지러질 듯
노랗게 물든 은행나무

해내림 들녘 벌판
허수아비 긴 그림자
햇발 달려
짙고 깊은 코발트색 하늘
하늘 내려
주저앉은 드넓은 대지

오가는 세월 기약 없는 운명
어우러져 아수라장
가을은 화려한 색깔 불타는
혼불 향연장이로다

아름다운 손

힘들고 지쳐있을 때
주는 손
슬프고 외로울 때
다가오는 손

사랑하고 싶을 때
보이는 손
쓸쓸한 인생길
같이 가는 손

사랑하는 당신
아름다운 손

거짓말 비극
−거짓이 활보하는 나라

양치기 소년
새벽녘에 늑대 왔다고 소리쳐
사람들 자다말고
몽둥이 들고 뛰쳐나가
허나 거짓말

얼마 후
새벽녘 소년은 또 늑대 왔다고 소리쳤다
사람들 반신반의하며 나갔다
또 거짓

세 번째 정말 늑대가 나타났다
소년은 이젠 정말 늑대가 나타났으니
살려 달라 애원하며 소리쳤다
그러나
나간 사람은 없었다

설

방아소리
쿵더쿵 쿵더쿵

빚어지는 하얀 가래
새 떡국 새 공간
쿵더쿵 쿵더쿵

넘세 넘세 한 살 고개
저 재 넘어
샹드레라 새 세상
쿵더쿵더쿵더쿵

안국역 걷다

안국역사 독립투사들 이야기
여기저기
유관순 열사 비롯
호국정신 안국역

역사 나와 남쪽으로
고풍스런 운현궁 돌담길
쇄국정책 대원군 호탕한 웃음소리 들리고
남쪽 바로 아래 구한말 설립된
한국 최초 교동초등학교가 있고
바로 옆에 아름다운
대학 캠퍼스도 있다

도로 건너 오른쪽
빨간 벽돌집 한국천도교관
중후한 자태
못 다한 동학혁명정신
빨간 벽돌 위 서리고
동쪽 창덕궁

한중록 혜경궁 홍씨
한 맺힌 궁중 이야기 들리고

서쪽 인사동
고전 풍물 넘치는 곳
사람들 북적이고
북쪽으로 100여 m 걸으면 헌법 재판소
근자 여성 대통령 탄핵 판결에 아쉬워하는
사람들 많다

오늘도 안국역 걷는다
오솔길 돌담길:
고요한 길

산 눈물 인생 눈물

만년설 설산
눈 녹아 눈물
서러운
산 눈물 흐른다

만년설 인생 백발
삶 녹아 눈물
서러운
인생 눈물 흐른다

사람이 사람 낳고
−하늘 땅 사람

흙이 흙 낳고
물이 물 낳고
바람이 바람 낳고

산이 산 낳고
바다가 바다 낳고
하늘이 하늘 낳고

사람이
이 모든 것으로
사람 낳느니

마스크 대열
−코로나

마스크 움직이다 줄 되고
거리 채워 광장 이룬다

마스크 지나는 곳 공동화 돼
식당 놀이터 유흥가 교회
학교 시장 공장도 없다
사람들 멀어가고 죽어간다
서울 도쿄 뉴욕 파리 로마
온천지가 마스크 쓰나미다

마스크에 해 가려
세상 깜깜 마스크 일식
검은 태양 주위 코로나 불여울
살모사 길고 가느다란 혀 되어 날름댄다
2020년 시작된
지구 재앙이로다

태양제국
−다시 시작하는

불타는 태양은 제국이다
활활 타오르는 불길
모든 것 원초로 되돌리는

거짓 위선 악 태우는 태양제국
어느 인간제국도
태양제국 앞에
흩어지고 사라졌다

태양제국 아래
다 벗어 내려놓고
원초로 돌아가
다시 시작하는 것이다

인류 문화 줄기 바꾼 사과 6개

첫 번째
아담과 이브 사과
에덴동산에서 발생한
안타까운 징벌의 사과지요

두 번째
만유인력 사과
과수원에서 우연히 떨어지는 사과
뉴턴이 보았지요

세 번째
백설공주가 계모로부터 받은
시기와 질투의 무서운 사과이구요

네 번째
스피노자의
내일 세계 종말이 와도 한 그루
사과나무를 심겠다는
믿음의 사과이지요

다섯 번째
윌리엄 텔이 상당한 거리에서
화살 쏘아 맞추려고
사랑하는 딸 머리 위 올려놓은
위험천만한 사과지요

여섯 번째 사과는
소형 컴퓨터로 유명한
Apple사 사과랍니다

검은 마스크

−코로나

코로나로
세계가 멈춰 섰다
사람들
시커먼 마스크에
침묵하고 멀어지고
사라지고 잊혀간다

하찮은 미생물 바이러스 공포로
인류 문명 문화가 흔들리고 있다
동적 사회가 정적으로
번잡한 공동사회가
개인으로 가정으로 고향으로
소집단으로 자연으로
돌아가고 있다

교만 물질 향락으로
휘청되는 인간
신은 미생물로 교훈 내린다
평등 배려 사랑 가르침이고

인간이 자연 가운데 나약한 존재임을
일깨우는 경종이다
인류는 이제 마스크 침묵 속에
새로이 생각하고
이제까지 양식과 다르게 생각하고 행동하며
살아가야 한다

청산에 살어리랐다

청산 위 청산이오
청산 밑 청산이라
청산 옆 청산이어
사팔방 청산이네
길고긴 세월
의구한 청산이오

청산에 옛터
여기저기
모두 어데 갔나
청산에 사람 살았네

청산에 사람 살고 있었네
청산에 아들딸로 태어나
애미 애비 돼 자식 낳고
대대로 살았더라
청산에 장서니 와자지껄
살맛 난 세상 되네
오후 늦게 파장이면

죽음 같은 정적 오고
버스는 하얀 신작로 흰 먼지 날리며
도회지 향해 먼 길 달렸더라

청산에 사람 사네
산에 사는 사람은 저만치 떨어져 살고 있네
청산이 청산 낳고 사람 낳아 기르니
청산에
내 살어리이다

칭기즈 칸과 춤을

칭기즈는
바이칼 호 넘어있었네
러시아인 1000년 울다간
눈물 고인 곳 바이칼
세계에서 가장 크고 깊은 검은 빛깔 담수호
고요 장엄함은 자궁 같은 심연함이

태무진은
초원 넘어 있었네
끝없이 펼쳐지는
중앙아시아 대평원
무진 세월 갔어도
칭기즈 달리는 질풍노도
대병마군단 말발굽소리
아직도 요란해

칸은
키 크고 광활한 자작나무 숲 건너 있었네
하늘 땅 덮은 자작나무숲
하얀 빛발 눈부시고
칸 기념관 동상 있는 수호바나르 광장
추켜 올라간 양 눈꼬리 큰 두 귀
아시아 유럽 퍼져나간 칭기즈 제국
동서양 만나 새 문화 창조한 곳
세계사 큰 바람 칭기즈 칸과 춤추었네
창조욕망 잔인함 광막함 화려함 덧없음의
춤을 추었네

어느 5월 축제

길가다 장미가시 찔렸네
당혹스레 홍조 띤 얼굴
다가가 살포시 입맞춤 했네

꽃들 간 빈자리
장미 여기저기
화려하게 피었네

도로가 장미 빨간 신호등 돼
사람 차량 멈춰서
아스팔트 도로가 축제마당
노래 춤 어우러져
베사메무쵸 베사메무쵸
그대에게 장미꽃향기
푸른 오월 빨갛게 달아오른
어느 늦 5월 축제마당이라네

어느 노파의 지혜

낙타 17마리를 소유한
아버지가 죽음에 임박해
세 아이 불러 유언 내리길
큰아이에게는 소유한 낙타의 1/2 둘째는 1/3
셋째는 1/9의 낙타를 준다는 것이다
그런데 17을 나눌 방법 없어 고민하던 차
현명한 마을 노파 찾아 자초지종 얘기했더니
노파는 자기 소유의
낙타를 한 마리 주는 게 아닌가

그래 18마리 낙타를 나누니
큰아들은 9마리
둘째는 6마리
셋째는 2마리를 나눠 갖고
1마리가 남아
신기하게도 형제들이 갖은 낙타의 수가
17마리
1마리는 노파에게 다시 돌려주고
어려웠던 문제가 해결됐다

두 개의 바다

팔레스타인에
2개의 바다가 있답니다
하나는 갈릴리해이고,
또 하나는 사해

똑같이 요단강에서 흘러들어가는 바다인데
갈릴리 해는 물이 맑고, 고기도 많으며, 강가엔 나무 무
성하고
새 노래 하는 아름다운 생명의 바다인 반면
사해는 더럽고 염분 너무 많아 물고기도 살 수 없고,
새도 오지 않는 죽음의 바다랍니다
똑같이 요단강 물줄기에다
서로 멀지 않은 곳에 위치한 갈릴리 해와 사해
왜 이렇게 차이가 날까요

갈릴리 해는 강물을 받아들이지만
그것을 가두어 두지 않습니다
한 방울이 흘러 들어오면
반드시 한 방울을 흘려 내보낸답니다

주는 것과 받는 것이 똑같이 이루어지는 것
반면 사해는 들어온 강물은 절대 내어놓지 않습니다
한 방울이라도 들어오면 자신의 것이라고
몽땅 가져버리고 한 방울의 물도 내놓지 않는다고 합니다
받기만 하고 주는 것을 모르는 것입니다

솔베이지의 노래

노르웨이 어느 마을에 젊은 농부 페르귄트와
아름다운 소녀 솔베이지가 살고 있었다
둘은 서로 사랑했고 결혼 약속한 사이
추운 겨울날, 가난한 농부 페르귄트는
돈 벌기 위해 타국으로 길 떠난다
솔베이지의 간곡한 만류를 뒤로 한 채
홀로 남은 솔베이지는 기약 없이 그를 기다린다
페르귄트는 갖은 고생 끝에 돈 버는 데 성공
10여 년 만에 고국으로 돌아온다
하지만 불행히도 국경에서 도적떼 만나
간신히 목숨은 구하지만
가진 돈 모두 빼앗기고 만다
빈털터리가 된 페르귄트는 사랑하는 솔베이지를
차마 볼 낯 없어
다시 이국땅으로 나간다
평생 낭인처럼 떠돌던 페르귄트,
마침내 늙고 병든 몸으로 고향으로 돌아온다
그 옛날 어머니가 살던 오두막집 찾아 문 두드리니
그를 맞이한 사람은 어머니가 아니라

꿈에도 그리워하던 자신의 연인 솔베이지
그날 밤, 병들고 지친 페르귄트는
백발이 다 된 솔베이지 무릎에서 조용히 눈을 감는다
그녀가 평생토록 불렀던 '솔베이지 노래' 들으며

그 겨울이 지나
봄이 오고 또 여름이 오고
그 여름날 지나면 세월이 간다
…아 그러나
그대는 내 님일세
그 풍성한 복을 참 많이 받고
우리 하나님
임을 보호하소서

오페라 가수와 앙코르

한 오페라 가수가 무대에서
노래 불렀다
박수와 함께 앙코르 요구
가수는 노래했다
앙코르 요구가 또 들어왔다
가수는 또 노래했다
앙코르 요구 또다시 들어왔다
가수는 즐겁게 받아들여 노래했다
앙코르 요구가 또 들어왔다

가수가 청중에게 행복한 질문 던졌다
얼마만큼이나 더 노래 불러야 되냐고
한 청중이 손 번쩍 들어 말했다
노래가 제대로 될 때까지

2부

어느 노 교수의 인생 고백

어느 노 교수의 인생 고백

나이가 드니까
나 자신과
내 소유를 위해 살았던 것은
다 없어집니다

남 위해 살았던 것만이
보람으로 남습니다
만약 인생을 되돌릴 수 있다면
60세로 돌아가고 싶습니다
젊은 날로는 돌아가고 싶지 않아요
그때는 생각이 얕았고,
행복이 뭔지 몰랐으니까요

65세에서 75세까지가
삶의 황금기였다는 것을
그 나이에야 생각이 깊어지고,
행복이 무엇인지,
세상을 어떻게 살아야
하는지를 알게 되었습니다

나이가 들어서 알게 된 행복은
사랑하는 사람을 위해
함께 고생하는 것
사랑이 있는 고생이
행복이라는 것

도스토예프스키의 5분

1849년 12월 러시아 세묘노프 광장에 위치한 사형장.
사형대 위에 반체제 혐의로 잡혀온 28세의 청년이 서있
었습니다.
집행관이 소리쳤습니다.
사형 전 마지막 5분을 주겠다. 단 5분…
사형수는 절망했습니다.
내 인생이 이제 5분 뒤면 끝이라니…
나는 이 5분 동안 무엇을 할 수 있을까.
사형수는 처음으로 느끼는 세상의 소중함에 눈물을 흘렸
습니다.

자 이제 집행을 시작하겠소.
그때 사람들의 발자국 소리가 들리고 저편에서 사격을 위
해 대열을 이루는 소리가 들렸습니다.
살고 싶다. 살고 싶다. 조금만 더 조금만 더 조금이라도.
철컥 탄환을 장전하는 소리가 그의 심장을 뚫었습니다.
그런데 바로 그 순간,
한 병사가 흰 수건을 흔들며 형장으로 달려왔습니다. 사
형 대신 유배를 보내라는 황제의 급박한 전갈이었습니다.

가까스로 사형은 멈췄고 사형수는 죽음의 문턱에서 극적으로 돌아왔습니다.
그 사형수는 바로 러시아의 대문호 '도스토예프스키'였습니다.

죽음의 문턱에서 돌아온 도스토예프스키.
이후 시베리아에서 보낸 4년의 수용소 유배생활은 그의 인생에서 가장 값진 인생이 되었습니다. 혹한 속에서 무려 5킬로그램이나 되는 족쇄를 매단 채 지내면서도 창작활동에 몰두했습니다.

유배생활을 마친 후 도스토예프스키는 인생은 5분의 연속이란 각오로 글쓰기에 매달렸고, 1881년 눈을 감을 때까지 수많은 불후의 명작을 발표했습니다.
훗날 『백치』라는 장편소설에서 이렇게 썼습니다.
"나에게 마지막 5분이 주어진다면… 2분은 동지들과 작별하는 데, 2분은 삶을 돌아보는 데, 그리고 마지막 1분은 세상을 바라보는 데 쓰고 싶다. 언제나 이 세상에서 숨을 쉴 수 있는 시간은 단 5분뿐이다."

시지프스 신화

시지프스는 애써 산 밑에 있는 돌을
정상에 밀어 올린다
돌은 산 밑으로 굴러 떨어진다
시지프스는 다시 밀어 올린다
바위는 다시 무게만큼이나 빨리 떨어진다
이런 동작이 쉴 새 없이 반복된다

하늘 없는 공간, 측량할 길 없는 시간과 싸우면서
영원히 바위를 밀어 올려야만 했다
다시 굴러 떨어질 것을 뻔히 알면서도
산 위로 바위를 밀어 올려야 하는 영겁의 형벌
끔찍하기 짝이 없다
언제 끝나리라는 보장이라도 있다면 모를까
시지프스의 무익한 노동 앞엔
헤아릴 길 없는
영겁의 시간이 있을 뿐이다

일면불 월면불

큰스승 한 분이 숨을 거두려 하자
제자들이 눈물 흘리며
우리에게 한 말씀 안 하고 가실 수 있습니까
한 말씀 해주십시오
하고 애통해하며 간청했다
그러자 미소 지으며
일면불 월면불 하며 숨을 거두었다
제자들은 그 말씀이 무슨 뜻인지 고민했다

긴 시간의 고민 끝에 그 말씀의 의미를 생각해냈다
제자들아 나는 천년을 하루처럼, 하루를 천년처럼
살았노라 라는 의미를 갖는다는 것이다
월을 긴 세월 일을 짧은 세월로 해석한 것이다
또 다른 제자는 문자 그대로 해석을 해냈다
얘들아 나는 낮을 비추는 해처럼, 또 밤을 비추는
달처럼 이 세상을
중생을 위해서 살았단다

심학산 등정기

-천부경

  심학산은 학이 머문 산이란 뜻으로, 정상에 오르면 임
진강 건너 북한, 남쪽으로는 김포, 파주, 일산, 원당, 북
한산 등 시야가 툭 트였다. 흙산으로 용등걸처럼 길게 늘
어져 맨 끝 정상이 제일 높다. 정상에 이를 쯤 길 왼쪽에
비문이 적힌 석탑이 있다. 여기엔 우리의 선도사상이 적
혀 있다.

  〈천부경〉 해설문
  우주 만물은 하나에서 나오고 하나에서 비롯되나 이 하
나는 하나라고 이름 붙여지기 이전의 하나이며 본래부터
있어 온 하나이다. 하나는 하늘과 땅과 사람 세 갈래로
이루어져 나오지만 그 근본은 변함도 없고 다함도 없다.
  하늘의 본체가 첫 번째로 이루어지고, 그 하늘을 바탕

으로 땅의 본체가 두 번째로 이루어지고 그 하늘과 땅을 바탕으로 사람의 본체가 세 번째로 이루어진다. 이렇게 변함없는 하나가 형상화되기 이전의 하늘, 땅, 사람의 순서로 완성되면서 새로운 하나를 이룬다.

이 새로운 하나는 한정도 없고 테두리도 없다. 이 새로운 하나가 바로 형상화된 하늘과 땅과 사람이다. 형상화되기 이전의 하늘, 땅, 사람과 형상화된 하늘, 땅, 사람이 어우러지면서 음과 양, 겉과 속, 안과 밖이 생겨난다. 이 둘의 조화를 통해 천지는 운행을 하고 사람과 만물은 성장 발달해 나간다.

이렇듯 하늘, 땅, 사람이 원래의 근본상태, 형상화되기 이전의 상태, 형상화된 상태, 형상화되기 이전과 형상화된 상태가 어울려 작용하는 상태, 이 네 단계를 거쳐 우주만물이 완성되니 우주만물은 본래 뗄 수 없는 한 덩어리이다.

이렇게 하나가 묘하게 피어 무수히 변하나 그 근본은 다함이 없다.

마음의 근본과 우주만물의 근본이 하나로 통할 때 일체가 밝아진다. 이렇게 마음을 밝혀 하늘과 땅이 하나로 녹아들어간 사람을 하늘 사람이라 한다.

우주만물은 하나로 돌아가고 하나에서 끝이 나지만, 이 하나는 하나라고 이름 붙이기 이전의 하나이며, 끝이 없는 하나이다. (도중 생략)

아버지의 손목시계
−유태인 선민사고

　나는 아버지가 죽을 때까지 사용하던 손목시계를 물려받아 지금까지 차고 있다. 이 싸구려 손목시계를 누가 만 달러 준다 해도 절대로 팔지 않을 것이다. 그것은 나에게 정신적 가치가 있기 때문이다.

　유태인들이 쥬이네스를 버리지 않는 것도 이와 흡사하다.

　오늘날 유태인이 위대함을 이룩한 것은 유태인 모두가 수천 년 동안 이 유태인다움을 버리지 않았기 때문이다. 그렇지 않고서는 오늘날 세계에 1천 수백만밖에 안 되는 유태인들이 세계무대에서 활약하고 있음을 설명할 수 없다.

　나는 여기에서 살아남는다는 것이 어떤 의미를 지니는가를 설명하려 한다. 역사를 살펴보면 일찍이 번영했던 민족이 오늘날엔 단지 책속에서만 기억되고 있다. 역사 속에서 아예 없어지거나 아니면 생존해도 자기의식은 없어지고 동화되는 경우도 많다. 즉 정신적 삶은 없어지고 물리적 삶만 존재하는 경우도 많다. 그러니까 자기 것을 버린다는 것은 자기 목표를 버리고 주체가 없어지는 것이다.

유태인들은 성서시대로부터 일관하여 하나의 목표, 혹
은 사명감을 지녀 왔다. 그것은 세계를 조금이라도 낫게
하려는 사명인식이다. 물론 유태인 하나하나가 이것을
확실히 의식하고 있느냐 하는 것은 별 문제가 안 된다.
이것은 유태인 전통을 물들이고 있는 짙은 색소 중의 하
나이기 때문에 무의식중에 유태인의 가슴 속에는 이와
같은 불길이 타오르고 있다. 이 사명감은 살아남은 전통
을 형성하는 중요한 지주가 되어 있는 것이다.

가배(嘉排)
−역사 속 한가위

農家 秋夕 最名辰
歡笑 村村 醉飽人
海市 山場 來去路
偶姿鼓舞 唱回神

추석은 농가의 최고 명절이라.
마을마다 기뻐 웃고 취하고 배부른 사람들로 넘치누나.
해시산장 오가는 길에
광대가 장구 치고 춤추며 회신곡을 부르는구나.

(옛날 시조 모음에서)

여름
−열매의 계절

여름은 뜨거움에
익어가는
열매의 계절

여름은 열기에
여는 계절
몸도 마음도 열어젖히고
혹성탈출
멀리멀리 떠나간다
여름은 회귀하는 계절
멀리 혹성에서 출발점으로
다시 돌아온다

여름은 저기가 아니라
여기가 지상낙원임을 깨닫게 하는
결실의 계절

나무꾼 이야기
−안타까운 운명

나무꾼이 나무하다
웬 살모사 한 마리 고개 들고 나타난다
나무꾼 놀라 빈 지게만 지고
마을 향해 줄행랑쳤다

그런데 뱀이 직직 소리 내며
뒤따라오는 게 아닌가
나무꾼 너무 놀라
집에 도착하자마자
사람 살려 외치고
혼절하고 말았다

사람들 나무꾼 주위 모여 보니
뒤쫓아온 건 뱀이 아니고
지게에 달린 긴 새끼줄
새끼줄 땅에 끌리는 소리를
뱀 소리로 오인한 것이다

코로나 메시지

생명체도 아닌
미세단백넝이 코로나
세상에 주는 메시지

하나
손을 비롯해 나 깨끗이
몸 청결이다
또 하나
거짓은 악의 근원이라 나 깨끗이
마음 청결이다
또 다른 하나
교만함은 세상 피폐하게 만드니 나 깨끗이
생활 청결이라

한가위 한마당

강 건너 하얀 아파트촌 장마당
오곡백과 싱싱 물건
만물상이로다

장터 중앙 꽹과리 장구 소리
펄럭이는 형형색색 깃발
하얀 광대 춤추고
사람들 신명난 어깨춤
한가위 익어간다

파란 하늘 누런 대지
하얀 바람
사람들 하얀 웃음
더도 말고 덜도 말고
한가위만 같아라

죽음의 거리

도로변 굉음 내며
스쳐지나가는 차량
죽음거리 1~2m

고층 아파트 죽음 거리 수십 m
비행기에서 죽음 거리 수 ㎞
미움 증오 거짓말쟁이 죽음 거리 수 ㎜

사랑 봉사 자비 축음 거리는
없다
영생하니까

거짓 나라 거짓 세상

동방 반도에 거짓 나라 있었네
거짓말쟁이들이 왕이 되고

거짓은 거짓 낳고 먹고 자라
공동체 만들어
억지궤변 위선
이중인격 난쟁이들
악이고 허상이라

거짓 세상
진실에
허무하게 무너지니

망각

전철 급히 내리다
물건 놓고 내려
유유히 떠나는 전철
저런 저런

은행 자동기기 위에
물건 놓고 와
한참 지났으니
아휴 저런

전화 하려니
핸드폰 보이지 않아
세상 깜깜이
아휴 제기랄

이러다
나마저 잊어버리는 세상 오면
어쩌나

헬런 켈러 이야기

헬런 켈러는 1880년 6월 27일
미국 앨라배마 주 터스컴비아의
평범한 가정에서 태어났다
태어날 때는 정상아였으나
19개월 때 알 수 없는 희귀병으로
시청각 잃었다
그러나 건강한 유아기 때 보았던
빛이 그녀를 밝은 세상으로 이끈
빛이 되었다
맹아교육 불모지였던 시대
켈러 인생은 발견 여행의 진수

켈러 6살 되던 해
셀레반 선생 태양만큼이나 커다란 사랑을 만났다
시력 상실 경험을 가진 선생으로부터
Water라는 단어 의미를 깨닫고
여러 단어를 익히고 쓰고
읽고 말하기 학습하며
말과 행동과 생각을 배운다

그녀는 끝없는 학구열과
부단한 노력으로 대학 졸업 박사학위 취득으로
지적 능력을 갖고 88세 영면하기까지
정상인과 나란히 활동하며
사회 명사가 되었다

그녀의 작가 사회운동가로의 성공적 삶에는
켈러 자신의 노력 부모의 헌신적 보살핌
셀레반 선생의 몸을 던진 산교육
켈러 친구가 되
도움과 사랑을 준 각계각층의 명사들

미국 사회 사랑의 기독교 정신
이 모든 게 협력하여 헬런 켈러라는
하나의 선을 이룬
인류사 전대미문의 사건이고
기적이라고 말해도 좋은 일이다

하나의 나뭇잎이 흔들릴 때

하나의 나뭇잎이 흔들릴 때
세상 비틀림 보았네

하나의 나뭇잎이 허공 맴돌 때
시공 소용돌이 보았네

하나의 나뭇잎이 땅에 딩굴 때
우주 소멸 보았네

오봉산
−신비스런 몸

세상에 오봉산 있었네
무릉도원 전설 속 산
선남선녀 신선 살고
불로초 자라는 곳
세상 돌고 돌아도 보이지 않네

어느 날 불빛 비추이는
손가락 다섯 개
다섯 봉우리
어라 이것이 오봉산
천하명산 오봉산이었네

설바람

시간바람 새로 부니
쿵더쿵쿵더쿵
하날 밝아라

바람시간 새로 흐르니
쿵더쿵쿵더쿵
땅 맑아라

설바람 새 세상 열리니
쿵더쿵쿵더쿵
아리 좋아
아리랑이로다

대화

태초에 빛과
말씀으로
세상 열리니

말은 아름다운 꽃처럼
색깔 향기 있어
말씨에 사람 보이니
말이 곧 사람이라

대화는 얼굴과 큰 귀와
발을 필요로 하네
사랑 진실 오가는 대화
맑고 밝아지는 세상
천국이로세

외국 수학여행

(1) 서커스 구경

아이들과 비행기로 외국 수학여행길

서커스 관람 어린 소녀 외줄타기

묘기 묘기 신기함보다 처량함

한창 공부하고 장난칠 나이에

저리 위험한 짓을 쯧쯧

보다말고 현장이탈

유난히 눈에 띄는 빨간색 거리

자유 없는 회색 거리 이방인 나라

옛 서적 골동품거리

허름한 차림 잡상인들

서투른 한국말 손짓하며 접근

광장 나이든 남녀들 음악 맞춰 집단 댄스

여기저기 방황하다 길 잃을 뻔

(2) 병마군단

한 농부가 밭 갈다 이상한 물건 나와

당국에 신고

발굴해보니

수많은 장병 마차 무기 병마군단

수많은 사람이 모두 다른 얼굴

진시황이 만든 큰 역작
이제 역사박물관이 됐다
아직도 발굴진행형 어떤 것은 중단
물었더니 지상에 나오면 색깔 변해
지금 기술로는 방법 없으니 기다린다나
만만디

(3) 자금성
궁궐 뒤에 궁궐 또 궁궐
한 아홉 개쯤 지나니 끝이다
과연 구중궁궐이로다

(4) 식생활
한국과 차이 많아 고생
그들은 기름진 음식이 주식
숟갈 젓가락 문화 한국과 많이 달라

(5) 만리장성
달에서도 보인다는 대 건축물
1차 선정도 장성 위 길 걷다
얼마나 많은 사람이 동원됐을까
큰 공사에 슬픈 사연도 많았겠다
장성이 관광지 돼 후대 도움 주니
역사 아이러니다

어느 동행

칼바람 부는 혹한 광야
세 친구 가다 말고 멈췄네
환자 발생
한 친구 외면하고
혼자 길 떠나

나머지 둘
한 친구 환자 업고
느릿느릿 걸어
한참 걸었을까
길 위 나뒹구는 시체 한 구
앞서간 친구 동사한 듯

동행 두 사람
몸 마음 비비며
혹한 광야 먼 길
걸을 수 있었다네

낭만의 길 야만의 길

하늘 땅에
두 갈레길 있나니
낭만의 길 야만의 길이라

진실은 낭만의 길
거짓은 야만의 길
사랑은 낭만의 길
미움은 야만의 길

화합은 낭만의 길
분열은 야만의 길
대화는 낭만의 길
억지궤변 야만의 길

자비는 낭만의 길
저주는 야만의 길
자신지각 낭만의 길
자기몰각 야만의 길

Walking

생은 걷는 것
걷는 게 인생이니
걷는 게 삶이니
걸어라
발로 마음으로

걷는 길에 자취 남아
발자취가 인생이네

3부

구원

구원

구원 받고 싶거든
진실하라
진 없는 구원 공 하니

구원 받고 싶거늘
정직하라
선 없는 구원 허 하니

구원 받고 싶을양
아름다워라
미 없는 구원 덧없느니

하나의 죽음

하나의 죽음
슬픈 비극
공즉시색이오

많은 죽음
통계 숫자 불과하니
색즉시공이라

어머니
-gone with the wind

흙에서 나
흙 속에 바람 속에
흙처럼 바람처럼 산 어머니
도실아제농장
아직도 땀 숨결 어리다

아들딸 낳아 기르고
농장 지키며
평생
흙 같이 바람 같이 산 어머니

흙으로 가
흙 속에 저 바람 속에
흙 되고 바람 되셨다

악의 평등
―사람 조심

가장 잔혹한 악은
이웃에게서 온다
친구로 아저씨로
일상생활하고
평범하기만 했던 그들

생김새 같고 언어 같고
같은 피 흐르고
절친한 듯
이웃으로 생활해온 자들

그러나
생각 다르고 거짓말 하고
감춰진 생활을 했던 자들
위선자들
세상 가장 잔혹한 악은
뜻밖에도
그런 이웃에게서 온다

오퍼튜니티호

—화성탐사선

나는 2003년 말쯤 미국 나사에서 발사
6개월여에 걸친 비행 끝에 2004년 4월 20일
화성 도착
로켓에서 분리
많은 풍선에 싸여 소프트 랜딩에 성공
키 1m 50, 무게 85kg
1초에 5cm씩 6개 바퀴로 이동하는 나는
태양전지판 펴고 활동 시작
해 지고 첫 밤
하늘엔 창백한 행성 지구도 보인다
전지판 덮고 잠자리 든다

느릿느릿 걸으며
인퓨어런스 분화구 탐색
다음 빅토리아 산타마리아
인데버 분화구까지 48.16km를
14년에 걸쳐 탐사
분화구 주위 암석에 붙은 콩알 크기 둥그런 돌에
과학자들 물 존재에 탄성

바위 모래 계곡 모두가 붉은 색깔이다
가끔씩 하늘 덮는 모래바람,
영하 180도 기온이 나를 괴롭힌다
밤하늘엔 두 개 달과 수많은 별이 반짝인다

지평선에 떠오른 지구
천국이다
많은 사람들이 살다 갔고
많은 사람이 살고 있고
많은 사람이 살아갈 지구
그중엔 성인들도 있었고
좋은 사람들도 많았고
나쁜 사람들도 많았으리라
화성엔 아무 것도 없고 탁 트인 모래벌판에
내 발자국만 선명하게 늘어져 있다
화성 최초 발자국이리라
나는 빨간 모래폭풍에 견디다 못해
2019. 2. 13. 내 생을 다했다
지구와 교신이 끊겨 완벽한 이별이다
Bye bye 지구
지구여
지구 사람들이여 아름다워라

죽음 이야기 몇 가지

몇 달 소식 없던 친구 전화
친구 부인 목소리
하늘나라 갔단다
70초에 가다니 100세 시대에
죽음은 이제 먼 얘기가 아닌 듯

생각나는 죽음 이야기 몇 가지
베트남 전쟁 때
부정부패에 항거
불타는 장작더미 속
가부좌자세로 임종한 트리쾅승
제자들 모아놓고 열반송 노래하며
입적하는 고승

미국 9·11 테러 시
뉴욕 쌍둥이빌딩에 돌진하는 비행기 속
휴대폰으로
아내에게 사랑 고백하는 신사
대서양에서 빙산과 충돌

침몰하는 타이타닉 호에서
아이들과 부녀자들에게
After you로
삶을 양보하는 사람들

정해진 날
-countable day

정해진 날 기약의 날
셀 수 있는 날은
처음엔
아스라이 멀었다

무심결
생각나나
아직도 저만치

그리 잊고 살다
어느 날 불현듯
지척에 나타나니

정해진 날
먼 듯 하더이만
그리도
빠르더이

사소한 너무 사소한

죽음 가까이 가 본 자
큰일 겪은 자
믿음 강한 자
많은 일 사소하더라

세상사
사소한 일 연유 말미암 많으니
모든 것 사소한 너무 사소한
허공 속 바람 흐르는 물
삼라만상 스쳐가니
모든 게 찰나이고
헛되고 헛되라

머무르고 싶은 순간들
–음악과 함께 흐르는 세월

국민학교 입학하자
학교종 땡땡땡 노래
종 치는 누나 있어
누나 종소리 함께 생활했다

고학년 시절
사촌형과 고개 오르며 멀리 마이크에
바람결 타고 들려오는 솔베이지 노래
어린 꼬마가 성숙한 어른 노래 잡았다

중학 시절
이바노비치 다뉴브 강 잔물결
독일 폴란드 헝가리 체코 오스트리아
유럽 두루두루 흐르는
일명 도나우 강
유럽인들 그리움 정서
다뉴브 강 잔물결 돼 흐른다

누나가 가르쳐 준 노래 옛 동산에 올라

이은상 작시 홍난파 곡으로
우리 가곡 좋아하는 계기됐다
지금도 고향 뒷산 오르면 옛 섰던 그 큰 소나무
베어지고 없다
노래 현장 방불케 한다

고교 때 서울 유학
거리 걷자면 레코드 가게 어김없이 흘러나오는 노래
진송남의 바보처럼 울었다
고향 떠난 사춘기 학생 가슴파고 들었다
또 하나
심야 시간 라디오에서 자주 들은
가극 사랑 묘약 중에서 남 몰래 흐르는 눈물

대학 시절
다방이나 거리에서 단골 메뉴로 나오는 노래
임희숙의 진정 난 몰랐네
또 하나
아르바이트 집에서 자주 들은
영화 헤드라 주제곡 죽도록 사랑해
무언가 모를 숨 가쁘고 애절한 대화 계속 되고
마지막 장면 차가 낭떠러지 구르며
비명 속 노래 끝난다

군대 생활
씩씩한 군가 많이 불렀다
산 정상에서 바라보이는 아침나절
안개 낀 북한강 한 폭 동양화
장엄한 전원 교향곡이다

근자 TV에서 동요 불러야 할 어린이들
몸 흔들며 트로트 가요 부른다
또 하나
화려한 스펙의 큰 인물들이
돈 앞에 무너지는 서글픈 황금만능 노랫소리
요즘 인상 남는 노래 아닌 노래다

사월 초입

손바닥 크기 꽃잎 단 목련
잎사귀 없는 나무
주렁주렁 매달려
중생 향해 하얀 자비 베푸네

몇 발짝 건너 벚꽃 동네
태양 담아
밝은 세상 주저리주저리 달아
인간 향해 하얀 빛 주었네

몇 걸음 더 하니 달 아래 이화
하얗게 붉힌 얼굴
오랜 기다림 속 사랑 베풀량
자작나무 사이
호젓하게 서있네

쿼바디스 도미네
(Quo Vadis Domine)

베드로가 걷던 중 구름 속 예수님 보았다
깜짝 놀라 물었다
Quo Vadis Domine
(주여 어디로 가시나이까)
예수님 왈
My Bedro
go to the west walking back
(내 베드로야 서쪽 향해 걸어라)
베드로는 발길 돌려
서쪽 로마에 당도한다
그곳에서 베드로는
기독교 사에 남는 큰일을 했다

세계경제 10위권 한국이
민주주의에 어울리지 않는
이상한 악성 이념에 휘둘려 혼란이다
거짓 민주주의 덫에 걸린 것이다

결국 이런 현실을 만든 건 국민이다
국민이 현명하지 못한 결과다
결자해지
만든 자가 풀어야
이제 한국인은
오던 발길을 돌려야 한다
Quo Vadis korea 2021

변방 걷는다

변방은 내륙과는 색다른 지대다
변방 살피면 내륙 역사가 조금 쉽게 보이거나
아예 다르게 보일 수도 있다
한걸음 비껴 변방 바라보면
내륙 보이고
내륙 포함하는
더 큰 세상이 보일지도 모른다

변방과 내륙은 합일체다
내륙 싹이 변방에서부터 자랄 수 있고
변방이 내륙에서 태동할 수도 있다
내륙이 복잡다단하면 변방을 살피는 것이다
변방은 접근이 용이하고 단순하고
나름대로 지속적이다
단순한 변방에서 내륙의 복잡함을
풀어내는 것이다

코로나 3
−고독의 성

마스크가 웃고 말하고 걷다
거리 메워 강 되고 바다 된다

마스크 대열
잔물결 이루다 파도 되고 해일 되고
쓰나미로 덮쳐온다

사람들 도망친다 고독의 성 향해
높은 담벼락 어드메쯤
오르다 떨어지고
다시 오르다 죽어간다
아우성 신음 비명 속 성벽 오름
현대판 시지프스 신화다
인류역사상 이레 많은 사람이
동시간대 고독의 성에 갇혀 본 적 있었던가
미세단백덩이 코로나 출현이
인류시간 가늠하는
분기점 될 수도 있겠다

있는 그대로가

있는 그대로
있는 그대로가 좋으니

더하면 허하고
덜하면 공하이

있는 그대로가 진선미
아름답다

돼지머리 사람머리

조선 초 무학 대사와
태조 이성계는 절친 사이
하루는 이성계가 대사에게
대사님 얼굴은 돼지머리상이요
대사 미소 지으며
돼지 눈에는
모든 게 돼지로 보이는 법이요

부자 되는 생각

가뭄이 극심했을 때 주변 사람들과는 달리 오히려 마실 물과 양식이 넉넉했다는 체험을 적은 한 여인 이야기

남편이 밭을 가는 동안 저는 그이가 쟁기질 하는 모든 밭고랑을 하나님께서 축복해주시기를 간절히 기도했습니다. 밭에 뿌려지는 모든 씨들은 축복과 함께 싹틀 것이고, 축복을 간직한 씨앗은 하나님의 의롭고 합리적인 섭리 안에서 머지않아 풍성하게 열매 맺을 것임을 굳게 믿었습니다. 얼마 후 이웃들은 우리가 거두어들인 엄청난 양의 건조 더미를 보고 놀랄 수밖에 없었습니다. 그리고 그 건조더미들은 미처 다 꺼내기도 전에 전부 팔려 나갔습니다. 저는 하루도 거르지 않고 제가 가진 논밭을 놓고 기도 했습니다. 하나님의 손길이 이 논과 밭에서 일하고 있는 모든 사람, 그리고 이곳에 관련된 다른 사람들에게도 동일한 축복으로 임하게 해달라고 간구했습니다. 그녀의 간절한 기도와 간구를 하나님이 들어주신 것입니다. 하나님은 그녀에게 풍요함을 주신 거지요.

휘영청 한가위

만경창파 파란하늘
큰보름달 굴러간다
휘영청 휘영청 어사와

황금물결 노란대지
새하얀달 굴러간다
휘영청 휘영청 어사와

동네마당 풍악소리
한가위달 굴러간다
휘영청 휘영청 어사와

더도말고 덜도말고
한가위만 같아라
휘영청휘영청 어사와

철새는 날아가고
-El condor pa sa

실크로드 톈진 산맥 어느메
하늘만 보이는 하늘 마을
해마다 이맘때면
하늘 마을 철새 날아든다
마을 하늘 빙빙 돌며 꿱꽥꽥
사람들도 손 흔들며 반긴다

사냥 해 잡은 철새
가까이 매두고
만지고 먹이 주고 입 맞추고
춤추고 노래하고
몇날 며칠 즐기다
풀어 방생 축제 끝난다

철새
세상 소식 알려주는
소통하는 이웃이고 마을 파수꾼
서너 달 지나 철새 떠나는 날
아쉬운 이별 꿱꽥꽥
철새는 날아간다
El condor pa sa

매미의 노래

나뭇가지
매미껍데기 줄 잇고
매미 세상 날았다

맴맴맴
며칠 생 위해
긴 시간 애벌레로 인고 세월
한 송이 짧은 삶 꽃 피우려
그 많은 시간 흘렀네

맴맴맴
기쁨 아우성인가
덧없음 탄식인가
뭐 그리 급해
주야 쉼 없이 노래하다 탈진
며칠도 못 돼
바들바들 손발 떨며 죽어가
몸체 땅 위 나뒹굴다
바람에 나부낀다

호반마을
−시간여행

해마다 이맘때면
난 호반마을 간다
투명 하늘 맑은 호수

하늘에 비친 미래 나
호수에 비친 과거 나
호반마을 현재 나
셋으로 분리된 나
화합 분열 반복되다
떠날 때쯤 하나 된다
현재는 과거 미래 징검다리
현재 있음에
과거 미래 잉태되고 변화된다

해마다 이맘때면
호반마을
셋으로 분리됐던 나
하나 돼 돌아온다

놓아주어라

버려라
잊어라
흘러라

멍에 벗고
매듭 풀고
알 깨고

놓아주어라
날아라
자유하늘
풍류세계

깨어나라 한국인

한국 5천년 가난 물리친 위대한 나라
깨어나라 한국인
한국
세계사에 최단시간
산업화 민주화 달성한 위대한 나라
깨어나라 한국인

헬조선이라 나라 비하 하는 젊은이
깨어나라 젊은이
이방인들
민주주의 탈 쓴 악의 무리
깨달아라 한국인

도 넘는 복지
그 돈 내 돈이고 자식손자 돈
깨나라 한국인
온 국민
지역이기주의 넘어
나라 살리기 동참해야
깨어나라 한국인

거짓 활개 치는 세상
날개 없는 추락이다
깨달아라 한국인
한국 혼란
나라 발목 잡는 세력 걸러내
아름다운 추억 돼야
깨어나라 한국인

코로나 전염병 재앙난국
국민 슬기 모아
극복하자

어느 드라이브

차창 밖 나무 길 논밭 야산 구름이
뒤로 뒤로 달리고 있다
달리지 않는 것이라곤 아무 것도 없다
모두가 달리고 있다

달림 속 무엇이 있고
그 무엇으로 달리는가 싶다
모든 것이 오고 가고 가고 온다

언제까지나 없는 것 없는 무진한 것이
옆에 같이 있는 듯하다
차는 달리고 있다
산도 집도 절도 사람도 다리도 뒤로 뒤로 가버린다
그리고 또 무엇이 오간다
차는 자갈길과 터널 속과 꼬불꼬불한 산길과
냇물 건너며
쉼 없이 달리고 있다

사람 마음

대지보다 넓은 게 바다이고
바다보다 넓은 게 하늘이고
하늘보다 넓은 게 사람 마음이니

강보다 좁은 게 냇물이고
냇물보다 좁은 게 도랑이고
도랑보다 좁은 게 사람 마음

꽃보다 이쁜 게 사람 마음이고
짐승보다 못한 게 사람 마음이고
썩은 오물보다 더러운 게 사람 마음이니라

산다는 건

산다는 건
죽음 향해 걷는 것
매일매일 한 걸음 한 걸음

산다는 건
어느덧 지나니
잠깐 놀다가는 하루살이

산다는 건
죽음 준비하는 여정
찰라 유희이거니

4부

고요한 한강

－이벤트로 본 한국 역사

한국 건국신화

하늘 신 환인에
아들 환웅 있어
환웅 구름 타고
풍백 운사 우사
바람 구름 비 주관하는
신들 함께 땅에 내려
홍익인간 이화세계 나라 만드네

환웅은 쑥 마늘 먹으며
오랜 세월 인고노력으로
인간 된 웅녀와 결혼
아들 단군 낳아
단군 왕 되어
자자손손 나라 이끄니
인간세
이보다 더 좋은 나라 없었다더라

홍익인간
−한인 건국이념

홍익인간
세상 널리 베풀고

이화세계
하늘이치 따르고

풍류도
세상 즐기니

한류바람
세계가 노래하고
춤추며 따르네

3·1운동

―그곳에 학생들 있었네

1919년 2월 8일

일본 유학생들의 조선청년독립단이

도쿄YMCA회관에서 2·8독립선언문 발표했다

같은 해 1월 일본에서 2·8독립선언문 숨겨 안고

입국 해 각계 영향 준 송계백 학생

동년 3월 1일 탑골공원 집회

어수선한 군중 뚫고 단상 올라 독립선언문 낭독한

이름 모를 당찬 학생

당시 이화학당 학생 유관순은

1919년 4월 1일 천안 아우내장터 만세집회 주도했다

일제에 굴하지 않고 당당히 맞서다

1920년 9월 서대문형무소에서

18세 꽃다운 나이 순국하다

3·1운동

국민 1700여만 명 중

200여만 명 참가

많은 사상자 낸 대규모 시위

1차 세계대전 끝난 이듬해 1919년 1월 파리회의

미국 월슨 대통령 민족자결주의 제창에 맞추어
우리 독립의지 세계만방 보이다

3·1운동은
일제 무단정치를 유연한 문화정치로 바꿈은 물론
임시정부 수립 국외무장투쟁 활성화에
촉진제 역할하다
또 일본 만주 미주 비롯 해외 전파 돼
중국 5·4운동
인도 간디 비폭력평화운동 영향 주었다
3·1정신은 인도 시성 타고르의 동방 등불에서
세계 등불로 한국인 가슴 나라 사랑
면면히 흐르고 있다

8·15해방
−혼란이 민주주의인가

1945. 8. 15. 해방
기쁨도 잠시
우리 힘으로 된 해방이 아닌지라
북은 소련군이 진입해 공산정권
남은 미군이 진입 민주정권이 들어섰다

한국
반세기 넘은 짧은 세월 이룩한
산업화 민주화
고도성장으로 이룩한 산업화로
경제대국이 됐으나 후유증도 크다
황금만능주의 지역갈등 교육평준화 등등
뒤따라온 민주주의
말잔치 거짓말 포퓰리즘 리더십 부족으로
혼란이다
2500년 전쯤 아테네 프라카 광장 말잔치가
한국에서 벌어지고 있다

역사에서 민주주의 역사가 짧다고 해서
용서 받는 건 아니다
오늘의 혼란은 한국시간을 몽땅 빼앗아가 버릴 수도 있다
혼란의 책임은 결국 국민이다
결자해지
오늘 혼란
결국 국민이 풀어야 할 몫이다

6·25
−역사 기억해야

오늘 6·25
아아 잊으랴 어찌 우리 이 날을
1950. 6. 25. 새벽 북 침공으로 발발한 전쟁
반세기 훌쩍 넘다
북 기습 침공에 며칠도 못 가 나라 무너질 쯤
미국 비롯한 UN 16개국 전쟁 참여 반격
북도 중공군 가세로
자유세계와 공산 세계가
밀고 밀리는 대규모 전쟁으로 비화
수많은 전사자 내고 협상
휴전선 경계로 오늘에 이른다

철사 줄로 꽁꽁꽁꽁 묶인 채로 끌려간 당신
10년이 가고 100년이 가도
살아만 돌아오소 한 많은 미아리고개
잘 가세요 잘 있어요 눈물의 기적이 운다
한 많은 피난살이 설움도 많아
그래도 잊지 못 할 판잣집이요
경상도 사투리에 아가씨가 슬피우네

이별의 부산정거장
바람찬 흥남부두에 목을 놓아 불러봤다
찾아를 보았다
금순아 어데를 가고 길을 잃고 헤매였더냐
전우 시체 넘고 넘어 앞으로 앞으로
낙동강아 잘 있거라 우리는 천지란다
6·25 근방에 나온 노래들이다

6·25는 세계사적 인명 피해 많고
수많은 이산가족 낸 잔인하고 무서운 큰 전쟁이다
6·25는 미국 비롯한 자유세계가 눈앞 이익보다
인간가치 존엄 자유 위해 참여한 최초의
휴머니즘 전쟁으로 인류사에 남아있다

5·16
−역사 존중 돼야

초대 이승만 정권 독재 부패에
항거한 4·19의거로 탄생한 장면 정권
리더십 부족으로 혼란
이때 5·16혁명 일어났다
1961년 5월 16일
박정희 소장이 주도한 혁명으로
제3공화국 탄생

반공 국시제1로 한 박 정권
일사불란한 리더십 발휘
경제개발5개년계획 연거푸 실행해
국가산업화 초석 깔다
그가 씨 뿌린 중화학 자동차 조선 항공 철강
원자력발전소
반도체산업 고속도로 등 후진국이 선뜻 나서기에는
부담스럽고 버거운 선진산업에 과감히 도전해 성공
오늘날 세계경제 10위권까지 올려놓았다
참으로 놀라운 일
세계는 이를 한강 기적이라 불렀다

그가 뿌린 산업화 씨앗은
농부가 봄 파종기에 씨앗뿌림과 같아
시의 적절했다
국민 잘 살기 운동인 새마을운동
초가집을 기와집 바꿈으로 시작
정신 물질 큰 변화 만들어냈다
과정에 독재 있었으나 위업에 가려진다
박정희
한국산업화 영웅이자 위인이다
작고 가난하고 보잘것없는 조국을
세계적 경제대국으로 만들어놓았다

88올림픽과 한국

1988년 한국은 올림픽 개최
성공한 잔치
세계로 웅비하는 계기가 됐다
올림픽을 아무 나라나 하는 게 아니다
선진국이 아니면 하기 힘든 지구촌 큰 행사다
당시 세계는 동서로 갈라진 냉전체제로
미국을 중심으로 한 자유세계와
소련을 중심으로 한 공산세계로 양분된 상태
세계패권 놓고 체제경쟁하며 적대적 관계
한국이 올림픽 개최하기 전인 모스크바 올림픽은
자유세계의 불참으로 반쪽 올림픽이 됐었다

이때 한국은 동서이념의 벽을 넘어서란
슬로건을 내걸고 동서화합을 내건 올림픽을 개최
(당시 보컬그룹 코리아나의 벽을 넘어서란 노래가
아직도 귀에 선하다)

성공한 올림픽
한국의 커다란 역사를 세계에 과시했다
마치 동서이념을 녹이는 용광로처럼 행동했고

결과는 찬란했고 한국은 위대했다
하나 88올림픽 후 30여 년이 지난 한국
정치는 한물간 구시대 썩은 이념으로
아수라장이 돼 혼란스럽다
민주주의를 표방한 이상한 이념이 나라발전의 발목을 잡고
장애물이 되고 있다

88올림픽에서
동서이념의 중재자이고
이념을 넘은 초인으로 행동했던 한국이
구시대 이념을 넘지 못하고 흔들리고 있다
88올림픽 정신의 위대함은 어데 가고
썩은 이념으로 작아져 가는 한국
역사의 아이러니다

한국 혼란(korea's chaos)
−독재보다 무서운 혼란

오늘은 2018. 8. 15.
1945. 8. 15. 일제로부터 해방된 지
73년째 되는 광복절

한국은 단군 이래 가장 잘 살고 자유롭고
세계화 선진화된 작지만 멋진 나라
그런데 흔들리고 있다 영혼마저 흔들리고
서양에서 산업화 민주화는
이천여 년 넘게 실현된 터에
한국은 몇 십 년 걸려 가히 전광석화
지구촌 사람들은 기적이라 불렀다
너무 빠름에 후유증이
산업화 단계에서 황금만능 지역차별
민주화 과정에서 리더십 부재 방만한 자유
어설픈 민족주의 이상한 이념으로 혼란이다
목적 달성 위해 거짓말 마녀사냥 악성댓글
막말 행동 패거리싸움 포퓰리즘이 동원된다
혼란이다
독재보다 두려운 혼란이 계속되고 있다

이제라도

문화국민 문화국가 향해 가자

거짓말 허황된 민주주의 지방색 황금만능주의

벗어나야

현재 한국은 핵을 비롯한 북의 비대칭 무기에 노출 돼있다

국민 모두 경각심 갖고

대처하고 단결할 때

2019년 10월 광장 사람들
-For freedom

사람들
사람들 모여들었다
지하철 버스 도보로
동서남북 사팔방 꾸역꾸역
사람 위에 밑에 옆에 길어지는 사람들
광장도 모자라
건물 주위 안 계단 거리로 거리로 늘어져
그야말로 인산인해

혼자 나온 사람들
친구 가족 아이들 젊은이들 노인들
아저씨 아주머니 예비역 군인들
지방에서 올라온 사람들
외국에서 온 사람들
앉아있는 사람들
기도하는 사람들 서있는 사람들 걷는 사람들
일찍이 보지 못한 규모의 광장사람들
움직이기에 숨차고 힘들고 위험하기도

광장에 시국강연 마이크 소리 여기저기 쩌렁쩌렁
깃발 대열 속에 예비역 군인들 고교대학 동창들 각종 사
회단체들
손에 손에 든 태극기 성조기 각종 피켓 물결
불통 거짓 무능에 비민주행태에
시대역행에 이상한 정체성 이상한 개혁에
분노하고 포효하는 사람들

광장 중앙에 성군 세종
성웅 이순신이 지켜보고
자지러질 듯 파랗게 물든 가을 하늘이
내려 보고 있었다

4·19혁명
−민주주의 기본으로 돌아가야

1960년 4·19
이승만 정권의 3·15 부정선거 독재
부패에 항거한 학생들 시위
자유당 정권 붕괴시킨 사건이다
학생들은 젊고 소중한 피를
아스팔트 위에 흘려
이 땅 민주주의 씨앗을 뿌렸다

2021년 현재 한국정치 상황은 혼란이다
독재 이은 민주시대가 제대로 가지 못하고 있다
한국이 요동치고
국가 에너지가 쓸데없는 데 소모되고
뒤로 후퇴하며 작아져 가고 있다
이상한 이념 민주주의 덫에 걸린 것이다

자유민주주의로 한국이 더 발전하고
성숙한 문화국가가 돼야 한다
그것이 4·19 정신을 계승하는 것이다

독일, 베트남과 한국

1970년대 초 동독과 화해 무드의
동방 정책을 추진하던
브란트 서독 수상은
비서가 동독 스파이로 체포됨에
수상직을 사임했다
이처럼 국가보안을 중시한 서독은
동독을 흡수
평화민주통일의 위업을 달성했다

연일 반정부시위로 혼란스럽고
첩자들로 들끓은
스파이 왕국 월남은
미국을 비롯한 다국적군의
지원에도 불구하고
1975년 공산월맹에 의한
수도 사이공 함락으로 패망했다

한국은 호전적이고 핵을 비롯한
각종 무기를 개발하고
도발을 일삼는 북한과
대치하고 있다
한국 현 상황은 어느 쪽인가
또 독일, 베트남 중
어느 쪽을 목표로
택할 것인가

시간 넘어 저 공간 넘어

조기엽 지음

발 행 처 · 도서출판 청어
발 행 인 · 이영철
영   업 · 이동호
홍   보 · 천성래
기   획 · 남기환
편   집 · 방세화
디 자 인 · 이수빈 | 김영은
제작이사 · 공병한
인   쇄 · 두리터

등   록 · 1999년 5월 3일
(제321-3210000251001999000063호)

1판 1쇄 발행 · 2022년 5월 30일

주소 · 서울특별시 서초구 남부순환로 364길 8-15 동일빌딩 2층
대표전화 · 02-586-0477
팩시밀리 · 0303-0942-0478

홈페이지 · www.chungeobook.com
E-mail · ppi20@hanmail.net
ISBN · 979-11-6855-036-0(03810)